MARSUPILAMI

BIBA

Zeichnungen: **Batem**
Szenario: **Colman**
Farben: **Cerise**

Das Marsupilami wurde erschaffen von **Franquin**.

CARLSEN COMICS

Biba ist eine deutsche Erstveröffentlichung. Das Album erschien 2013 als Band 28 in Frankreich.

CARLSEN COMICS NEWS
Jeden Monat neu per E-Mail!
www.carlsencomics.de
www.carlsen.de

Mit Fragen zur Produktsicherheit wenden Sie sich bitte an:
carlsen.de/kontakt

CARLSEN COMICS

Aus dem Französischen von Marcel Le Comte
BIBA

www.marsupilami.com

Textbearbeitung: Ralf Keiser und Joe Hohenester
Redaktion: Klaus Schikowski
Covergestaltung: Peter Mrozek
Lettering: Ronny Willisch
Herstellung: Gunta Lauck

ISBN 978-3-551-79904-3

Irgendwo im tiefsten Inneren des geheimnisvollen palumbianischen Dschungels...
KLAPP!

1A.

1B.

Fressen oder gefressen werden, so lautet das Gesetz in der Welt der Tiere!
BÖRP!
FUMP!
So lautet das Gesetz für alle Lebewesen!

PAFF!
3A.
SPROTSCH!
3B.

Biiiii!
KRATSCH!
AAAAH...! RRÖÖÖH...!
RRÖÖÖÖH
KRAAÖÖÖ
KRÖÖÖHA!
KRÖÖÖ

KRA?!
RAAÖÖÖÖH...
BOONG!
PLOFF!

KLACK!
PLOFF!

7A.

7B.

RRZZZZZZ...
?

ZZZZZZZ...

BIBA
Rowdy!
MARSUFORESTLAND

Wie findest du meine Superdrohne, Marsu?
360-Grad-HD-Kamera, Kontrollbildschirm auf der Fernbedienung, integrierter Compi...
9A.
... Übertragung der Daten in Echtzeit...
9B.

... Augmented Reality, Beschleunigungsmesser, Vibrationsdämmung...
... Propeller aus Karbon...
Absolute Spitzentechnologie! Mit meinem »Megacopter pro 3000« wird mir nichts von dem, was in diesem Dschungel vor sich geht...
... entgehen!
Was nicht bei jedem der Fall ist! Nicht wahr, Mister Verschwindibus?

Bobo sieht seit ein paar Tagen ziemlich schwermütig aus. Das sieht ihm gar nicht ähnlich!
11A.
Denkst du, er könnte krank sein?
HUBI, BA!
Vielleicht langweilt er sich einfach nur. Was meint ihr?
HUBI, BI!
BIHU, BI!
Wie kann man sich in diesem herrlichen Wald, der voller Überraschungen steckt und einen zum Staunen bringt, nur langweilen?
11B.
SEHDMADA!

* Die Expedition der Marsupilamis findet sich in dem Band »Sternenherz« (erscheint noch).

?
?
CHHRRRRRi!!!!!!
13A.
Was?
Ich bitte Sie, Saint-Exupéry, bewirken Sie ein Wunder!
TACK!
ICH KANN SIE WIEDER STEUERN!! DANKE, SAINT-EXUPÉRY!
ZZRRR!!!
TSCHICK!
13B.
RRRZZZZZZ
Der kriegt den Hals nicht voll!
Und diese Bling-Bling-Farben! Schlechter Stil!

WAS IST DENN JETZT?! DIE KAMERA IST TOT!!
Holla... Das Spielen mit deinem Gleiter bekommt dir wohl nicht!
ICH SPIELE NICHT UND DAS IST KEIN GLEITER!!
HUBA...
...HOPP!
?
DAS MARSUPILAMI WILL HELFEN!! ICH LAUF IHM NACH!
Männer...!

Mist und Doppelmist! Die Batterien sind auch fast am Ende!!
15A.
PAFF!
Das Marsu ist hier vorbeigekommen. Kein Zweifel!
15B.
Ich merke, du wirst unruhig, aber du weißt doch, dass dein Marsu fast unverwundbar ist.
Biii...

Estupendo!
Was für eine Gelegenheit!!
Das Fell von diese Marsupilami wird mich reich machen!
Adios, Pobrecito!
PANG!
Ein Schuss?! Der kam von dort! Hoffentlich...
WO BIST DU, MARSU? MAAARSUUU...!
MAAARSUUU...!
MAA...!!!

NEIN!
17A.
NEIIIIIN!
MARSU!
Marsu...
SLURP!
?!?
HUBA... MIAM!
17B.
EIN AMEISENHAUFEN? ICH DACHTE, DU BIST TOT, UND DU STOPFST DICH VOLL!?!
?
MAN MÜSSTE DICH... DICH...
... UMARMEN!!!

Spiel mir nie wieder so einen Streich, ich dachte, ich hätte dich verloren!
HUBA, BA!
Ach, meine Drohne... Die ist wirklich verloren!
Wir suchen sie später, wenn du so lieb bist. Nach all diesen Emotionen brauche ich...
?
AUAUAU...
In diese Richtung!
AUAUAU! AUAUAUAU...!
Haben Sie geschossen?
D..D..Diese Schuss ging ganz alleine los! Ich bin gestürzt, weil mir diese Objeto auf die Cabeza geschlagen hat!
Meine Drohne!

Woher kennst du meine Namen?
Bitte?
Du hast »Mainedrone« gesagt! So heiße ich.
Juan Mainedrone.
Äh... angenehm!
Mir nicht!
SNIF! SNIF!
Sind Sie verletzt?
Si! Ich habe eine Loch in Fuß!
SNIF!
19A.
Wir nehmen Sie mit ins Lager, meine Tante Diane wird Sie pflegen. Sie ist Wissenschaftlerin!
No, gracias, ich komme schon klar!
SNIF!
Ist das deine Tier?
Es ist mein Freund, aber es gehört niemandem. Ein Marsupilami!
Kenne ich nicht!
SNIF! SNIF!
Ist es bösartig? Ich mag nicht, wie es schnüffelt an mir!
Findäst du das lustig?
Entschuldigung!
SNIF! SNIF!
Warum es knurrt?
Es wird Hunger haben...
GROOOO...
19B.
Du hast Hunger? Ich kann Bohnen anbieten, wenn du willst. Aber cuidado: schwer verdaulich!
POFF!
PAFF!

BOOOBOOOOo...?
WO BIST DUUU?
HUBIBO!
HUBI, BO?
BOBOOO...?
Ich kenn ein kleines Leckermaul, das die Piranhasuppe verpassen wird, die ich gekocht habeee...
Sie ist schon fast aaalleee...
SNIF SNIF
Gut! Dann bekommen andere die Reste, wenn es welche giiibt...
Vielleicht solltest du Witterung aufnehmen und ich sehe nach, ob er zum Nest zurückgekehrt ist. Was meinst du, Marsupila...
Ich bin dabei, ein neues Kapitel des Dschungelbuchs zu schreiben!!
Man beob-achtet uns!

Kannst du eine Sekunde aufhören? Man beobachtet uns!
WEAKUKT? WOHDENN?
Der Lütte da!
WATTWILLZE? ZISCHAPP, KLAR?
SNIF! SNIF!

SNIF! SNIF!
HUBI, BÖARK!
?
KLICK!
SCHLACK!!

23A.
Wo... bin ich?
Im »Marsuforestland«, unserem Superlager!
RESTLAND
Was ist passiert? Hab ich Loch in Kopf?
Die »Argumente« des Marsupilamis sind manchmal etwas ruppig... Es hasst Feuerwaffen.
FIRST AID
MEINE WAFFEN, WO SIND DIE WAFFEN?!
Hier! Das Marsu hat sie getragen. Da ist nur eine kleine Sache...
?
23B.
... Sie sind ein wenig ramponiert, aber das Zielfernrohr hat nichts... Das ist das Wichtigste!
IHR HABT DREI SEKUNDEN, UM VON HIER ZU VERSCHWINDEN!!

EINS... ZWEI...
?
DRAAAAI!!
Das ist Tante Diane. Sie wird Ihre Wunde behandeln!
Welche Wunde? Das ist nur eine kleine Kratzer!!
FIRST AID
KLACK!
?!
?!
PLONK!
Ist Bobo bei euch, Hektor? Das Marsupilami und ich haben schon überall gesucht.
Komisch, ich habe plötzlich das Gefühl, gewachsen zu sein!
Du hast deine Brille wieder mit einer Scheibe Schinken geputzt, Tantchen...
... unter dir liegt ein Mann!
Oh, Verzeihung!
Das ist ein Jäger namens Mainedrone. Er hat sich in den Fuß geschossen, nachdem ihm meine Drohne auf den Kopf gefallen und er gestolpert ist.
Verstehst du?
Nein!
Wo... Wo bin ich?

So, fertig. Sie haben Glück, es ist nur ein Kratzer!
Sag ich doch!
Hoffentlich ist Bobo vorsichtig gewesen!
Unfälle passieren so leicht!
PLOFF!
?!
Der Dschungel ist ein gefährliches Paradies!
Wenn ich ihn finde, mache ich Barbecue mit ihm an Stelle von Würstchen!
Sí! Mit Chilisoße extra picante!
TSCHACK!
TSCHACK!
TSCHACK!
DA, PEPE!! SEHEN DEINE AUGEN, WAS SEHEN MEINE?
QUÉ BONITO!

25A.

25B

Mach die Chilisoße fertig, Pepe!
Das ist die Falle, die ich ihm zu Geburtstag gestellt habe!
Sei vorsichtig, weit kann sein er nicht!
Was gefunden?
Nada!
Dieser stinkende Kojote muss sie in sichere Versteck gebracht haben!
GLUCK... GLUCK...
So wie wir!
Du hältst dich für schlau...
Aber ich bin mehr schlau!
HAB SIE!

DEMONIO! SIE IST ENTKOMMEN!!
27A.
SCHLACK!
Ich hab seine Weihnachtsgeschenk gefunden!
AUTSCH!
AUA!
Auuu!
Unnötig, noch mehr Zeit hierzubleiben! Jetzt ist die Jagd eine andere!
Tut sehr weh?
Willst du mich lachen machen?
Wir werden bald lachen...
Kein Marsupilamo widersteht diesem Köder!
SNIF...
SNIF...
27B.
SNIF! SNIF!
BIBA?!!?

Biiiiii!!?...
BIBA, Bi?!
BIBA!
BAHU, BA!
PUFF!
BIBAAA!!
HOPP!
CHACHACHA!
Heute ist Schlussverkauf! Nimm zwei, zahle eine!
Die Tienda nimmt keine reduzierte Ware zurück, aber das ist keine Problem! Wir sind seeehr zufrieden mit unsere Kauf! Stimmt's, Pepe?
Wir schon...
?

Daneben!
29A.
Hubii... GrooAAA!!!
SCHIESS, PACO! SCHIESS!
NO! SCHIESS NICHT!
ICH ZIEL NUR!
29B.
BROFF!
KLACK!

Hi!Hi!Hi!
BiHi, Hi...!
HUBA, BiBA!
PAFF!
Der Biss der »Tévéha« ist sehr schmerzhaft und ihr Gift ist gefürchtet...
Aber mit dem Gegengift müsste er bald wieder zu sich kommen...
... und abschwellen, hoffe ich!
?
Ich habe nur die Schicksal korrigiert, Paco...
Er deliriert...
An jene Abend ich hätte Wasser holen sollen.

Desgracia! Ich hätte die kleine Marsupilami finden sollen...
31A.
Ich wäre geworden rico! Muy rico!
Ich habe nur die Schicksal korrigiert. Ich... Ich...
Wo bin ich?
Sie sitzen mächtig in der Tinte, Lügner!
31B.
Sie haben gesagt, dass Sie noch nie ein Marsupilami gesehen haben, obwohl Sie schon eins gefangen haben...
WO IST ES?
Wovon redest du...
SI, BUENO. ICH WEISS ES!!

Na gut, ich zeig es euch.
Auf nichts anderes warten wir! Gestehen Sie Ihr Verbrechen, Sie Tierhändler!
Wo ist das kleine Marsu?
GROOO...
In meine Rucksack, ich gehe sie holen...
»Sie«...?
Es ist eine kleine Chica. Ohne mich wäre sie schon tot.
Atención...
DA IST SIE!
PAFF!
BONG!
Sie ist hübsch, nicht?
HUBI! GROOO...!
Und du, hältst du dich für mehr stark als mich, Microbito?
POCK!
Chachacha! Pepe Mainedrone findet immärr aine Lösung...
... Er findet immer eine Weg...
SPROTSCH!

Auf jeden Fall haben Sie unsere Latrine gefunden, Señor Mainedrone!
Qué alegria!
AGROOO...
Ich werde mich bei der UN beschweren!
33A.
Sie foltern eine behinderte Mensch!
Sagen Sie uns, wo das kleine Marsu ist, und Sie dürfen duschen!
NIEMALS!
Obwohl... reden kann man immer, oder...
Habt ihr amerikanische Dollares?
Eine »PS4®«?
Eine Zigarette?
Nein?
Wie warrm ist das Duschwassär?
Kalt!
33B.
Qué bonito, Pepe! Ich trau meine Augen nicht!
Dann trau meine, Paco... Das ist nicht bonito!

Gracia! Ich weiß, dass illegale Handel mit seltene Tiere ist eine Verbrechen, aber meine Kindheit war sehr schwer!
Meine auch! Ebarmen!
Wir krümmen dem Marsupilamo nie wieder eine Haar!
Viva alle freien Marsupilamos!
Wir schulen auf Grabräuber um. Das stört weniger Leute!
Und all das Geld, das wir verdienen, spenden wir für die Naturschutz!
?
Jetzt reden Sie! Wo haben Sie Ihr unschuldiges Opfer versteckt?
Das Marsupilami hat nicht die Geduld, die mein Neffe und ich haben, wenn Sie verstehen...
AGROOOO...
Ich nix verstehen, meine Ohren sind voll mit Shampoo!
Eine Moment...
Adios, Gringos! Chacha...!
...AAAAHHH!!!
?

?
35A
Bissnurnehsl versteht die weißen Männer nicht. Er dachte, dass sie sein Kostüm zur Feier des dritten Monats des Jahres* bewundern werden, aber sie fliehen wie das Wildschwein angesichts des Jaguars oder fallen um wie das zerstreute Faultier!
* Die Lektüre von »Viva Palumbien« ist sehr schädlich für Trübsinn.
Bissnurnehsl ist verbitterter als ein Raupensoufflee ohne Honig!
Hast du das verstanden?
Ich glaube, er will auf einem Jaguar faulenzen und Honig essen.
Aber ich kann mich auch irren, die Chahutas-Sprache ist schwierig!
IN DER PATSCHE!
Wo... Wo bin ich?
35B.
HUBABAH!
HABU!
BIHUBIIII!!

* Fermentiertes Getränk auf Maisbasis. Nur in Maßen zu verzehren.

Wo... Wo bin ich?
In meinem Porridge-Topf, muss ich sagen.
37A.
Und ich füge hinzu, es ist sehr unschicklich, ungebeten und ohne Krawatte in einem Klub zu erscheinen!
Was ist dieser delikate, typische Geschmack nach Südamerika?
Ihre Haare.
So sind Sie schon viel präsentabler, mein Bester!
Muchas gracias...
Señor...?
Bring M. Backalive, Marsupilami-Jäger!
Juan Mainedrone, Exterminador de Marsupilamos!
Beim Heiligen Georg, das ist echte Vorsehung!
Was sagen Sie zu meinem kleinen Spezialarsenal?
Ich sage, das reicht für eine ordentliche Bumms!
DYNAMITE
DÉTONATEURS
GRENADES
37B.
Es stimmt, der Kleine hat Charakter. Aber seien wir nachsichtig. Wie verhielten wir uns, wenn wir unserer Familie brutal entrissen worden wären?
BIBAAA!!!

Und seine armen Eltern sind bestimmt von Angst zerfressen und suchen den Dschungel ab.
BIBUBÖÖH...!
Ich glaube, dass seine Eltern schwerhörig sind!
BIHUBI!
HUBA, MIAM!
BIBÖRK!
?
ABBAH!
?
KWEEK!
BIBA!
BELULA!

HUBADABUH, BABAHIBU! HABU, BOBOHUBABUH! HABUDABIHU!!!
BURP!
Ich glaube, das Weibchen spricht von einer schönen verblüfften Eule aus Abu Dhabi, die wegen eines Auas traurig ist...
... Aber sicher bin ich nicht.
Meinst du?
39A
BIBABOBO!
BOBIBA!
BOBOBUH!
39B.
Ein wenig, viel, leidenschaftlich, wie verrückt, überhaupt nicht. Ein wenig, viel...
... leidenschaftlich!
?!?

* (G. Trapattoni, illustrer Poet des 20. Jahrhunderts)

Auweia! Den jüngsten Lesern halten wir wohl lieber die Augen zu.
HUBAAAA...!!
-10
...HA,HA,HABUH!
41A.
BIBA!
BIBAMAH...!BIBAPAH!
BIBA!
Estupendo! Eine wunderbare Versteck für meine explosive Geschenk!
Das wird eine wahre Gemetzel!
Brrring M. Backalive wird nicht glücklich sein, dass ich die Ladung erhöht habe...
... aber ich lache zuletzt. Es gibt Marsupilamopüree für alle!
41B.
Jetzt muss ich mich nur noch verstecken und warten, bis die ganze Familie schläft...
... Für immer!

IIEK...IIEK!
BUÄCK!
Well, ich muss nur noch warten, dass das Ton- und Lichtspektakel, das mein Kollege vorbereitet, und die darauf folgende Panik losbrechen, um mein Zelt endlich mit einem Marsupilamifell schmücken zu können!
Aus den anderen lass ich mir einen Anzug schneidern.
Passend zum schwarzen Marsupilami heißt seine prachtvolle Gefährtin Venus. Was das beschämte kleine Monster Marsu in ihren Armen angeht, seinen Namen kennt wohl schon jeder!
HUBI, BIBA?
HUBI, BAH!

Beseelt von ihrer Wiedersehensfeier haben unsere Freunde keine Ahnung, dass sich in Kürze ein schreckliches Drama abspielen wird.
Lassen wir die Marsupilamis ihr Glück genießen. Biba hat seine Eltern wiedergefunden, ist das nicht das Wichtigste?
Oh, natürlich!
... Sechs, sieben, acht! Milagroso! Es sind sogar noch mehr, als ich dachte!
Nur eine kleine »Klick« für die Menschen, aber eine große »Bumm« für die Unmenschlichkeit!
KLICK!
BUMM!
Diese Explosion ist absolut unerklärlich! Zum Glück wurde niemand verletzt.
Mich überrascht das nicht, wo Biba nicht da ist...
BIBA?! WO SIND BIBA UND BOBO...?

Verkehrsrowdy!!
RRZZZZZZZZ...
Mein Gott! Fängt diese Geschichte immer wieder von vorne an?!
Vertrau der Technik, Tantchen. Der Kamera meines »Megacopter pro 3000« entgeht nichts!
Fressen oder gefressen werden, so lautet das Gesetz der Welt des Dschungels!
BONG!
PAFF! PAFF! POFF!
Was war das, Rringo?
Eine Boa, Käpt'n. Nichts Ungewöhnliches.
Die FSC setzen sich für die exotischen Boas ein.

Bi...
Ich sehe sie!
Meine Drohne ist genial!!!
Mainedrone ist uns jetzt wurscht! Wo sind die beiden?
BIBABOBO!
45A.
Kein Grund zur Sorge, es geht ihnen bestens!
Kein Grund zur Sorge, wirklich...?
Devil! Die sind etwas zu klein! Aber »die Taube in der Hand ist besser als der Spatz auf dem Dach«!
Statt eines Anzugs lass ich mir Pantoffeln machen.
RZZ...ZZZ...ZZZ...
45B.
VERDAMMTE AXT!
DIE BATTERIEN SIND WIEDER AM ENDE!
HELFT MIR, MARSUS!
... Männer ...!
HUBA, HOP!
HOP!

05. August 2014